Yo soy el
búfalo de agua
Piper Whelan
SPANISH & ENGLISH eBOOKS
AV2 BY WEIGL
ADDED VALUE • AUDIO VISUAL
www.av2books.com

Visita nuestro sitio www.av2books.com e ingresa el código único del libro.
Go to www.av2books.com, and enter this book's unique code.

CÓDIGO DEL LIBRO
BOOK CODE

AVS73693

AV² de Weigl te ofrece enriquecidos libros electrónicos que favorecen el aprendizaje activo.
AV² by Weigl brings you media enhanced books that support active learning.

El enriquecido libro electrónico AV² te ofrece una experiencia bilingüe completa entre el inglés y el español para aprender el vocabulario de los dos idiomas.
This AV² media enhanced book gives you a fully bilingual experience between English and Spanish to learn the vocabulary of both languages.

Spanish

English

Navegación bilingüe AV²
AV² Bilingual Navigation

CERRAR
CLOSE

INICIO
HOME

OPCIÓN DE IDIOMA
LANGUAGE TOGGLE

CAMBIAR LA PÁGINA
PAGE TURNING

VISTA PRELIMINAR
PAGE PREVIEW

Yo soy el
búfalo de agua
En este libro, aprenderás
• cómo soy
• dónde vivo
• qué como
¡y mucho más!

Yo soy el búfalo de agua.

Peso más
que un piano.

Me gusta bañarme en el lodo.

Uso mis cuernos para esparcir el lodo por mi lomo.

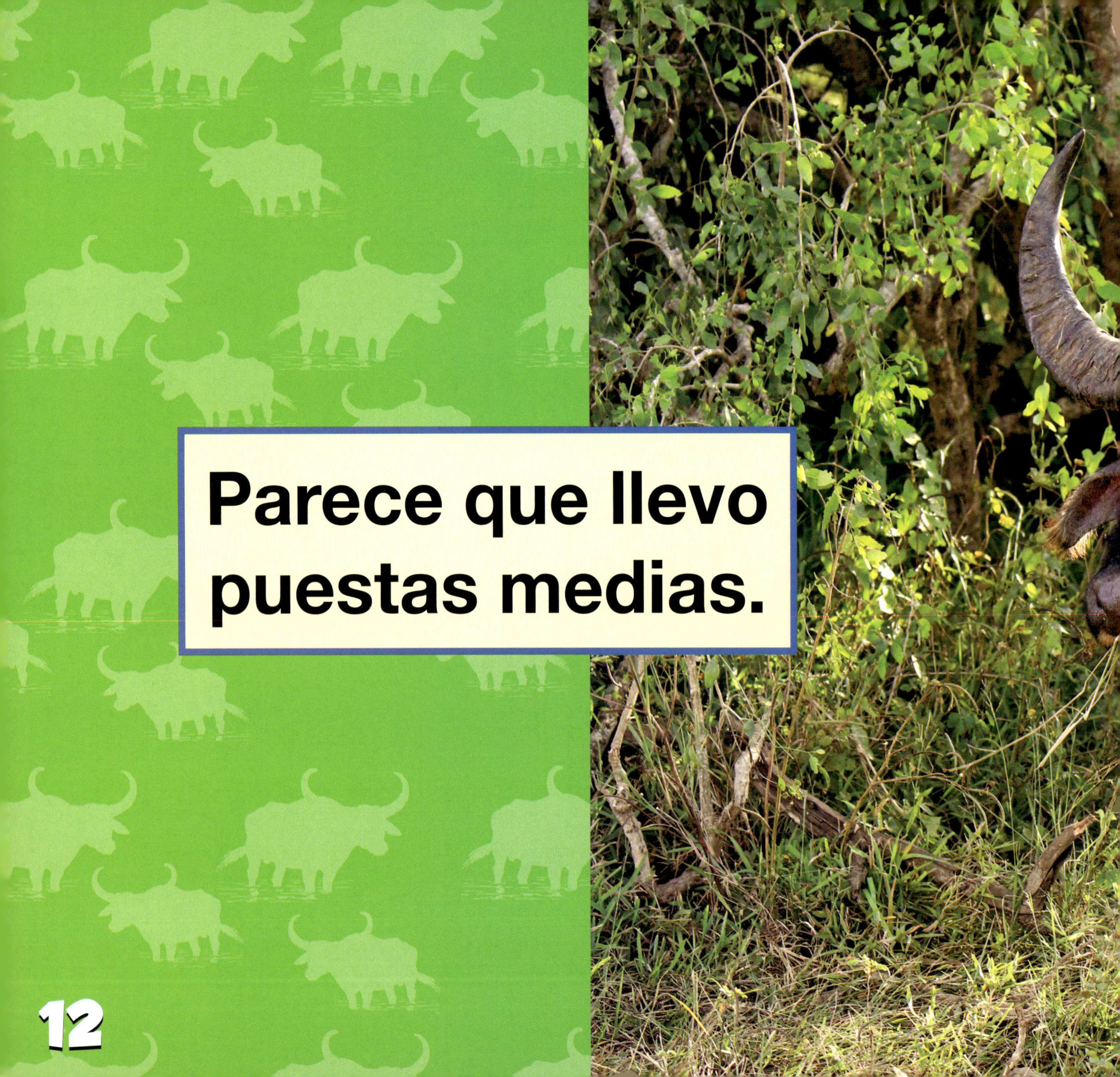

Parece que llevo puestas medias.

Vivo en un grupo junto a muchos otros búfalos de agua.

Como pasto y otras plantas.

Me quedo junto a mi familia para estar protegido.

Vivo en los bosques y praderas de Asia.

Yo soy el búfalo de agua.

DATOS SOBRE EL BÚFALO DE AGUA

Estas páginas ofrecen información detallada sobre los interesantes datos de este libro. Están dirigidas a los adultos, como soporte, para que ayuden a los jóvenes lectores a redondear sus conocimientos sobre cada sorprendente animal presentado en la serie *Yo soy*.

Páginas 4–5

Yo soy el búfalo de agua. El búfalo de agua es un mamífero grande similar al ganado doméstico. Su piel es de color gris o negro. Tiene muy poco pelo en el cuerpo. El búfalo de agua tiene una cola larga con pelos en la punta. Tiene la cara alargada y, en general, orejas largas.

Páginas 6–7

El búfalo de agua pesa más que un piano. El búfalo de agua adulto mide entre 5 y 6,2 pies (1,5 y 1,9 metros) de alto y puede llegar a pesar unas 2.650 libras (1.200 kilogramos). Es una de las especies bovinas más grandes. Este grupo incluye al ganado doméstico, el yak y el bisonte americano.

Páginas 8–9

Al búfalo de agua le gusta bañarse en el lodo. El búfalo de agua necesita vivir cerca del agua. No tiene muchas glándulas sudoríparas y necesita agua o lodo para refrescarse los días calurosos. El búfalo de agua descansa en el agua o se revuelca en charcos de lodo. El lodo también evita que los insectos lo piquen .

Páginas 10–11

El búfalo de agua usa sus cuernos para esparcir el lodo por su lomo. Los cuernos del búfalo de agua miden unos 5 pies (1,5 m) de punta a punta. Los cuernos de búfalo de agua más largos registrados medían cerca de 6,6 pies (2 m) de largo. Los cuernos tienen forma de medialuna. Tanto los machos como las hembras tienen cuernos.

Páginas 12–13

El búfalo de agua parece que lleva puestas medias. La parte inferior de las patas del búfalo de agua suele ser de color más claro que el resto del cuerpo. Por eso, parece que usa medias. Los pies del búfalo de agua se llaman pezuñas. Sus pezuñas son grandes y anchas. Esto le permite caminar en el lodo sin hundirse.

Páginas 14–15

El búfalo de agua vive en grupos. Estos grupos se llaman manadas. Cada manada está formada por unas 30 hembras, llamadas búfalas, y sus crías. La búfala más vieja lidera la manada. Las más jóvenes permanecen en la manada de sus madres. Los machos jóvenes abandonan la manada aproximadamente a los 3 años.

Páginas 16–17

El búfalo de agua come pasto y otras plantas. El búfalo de agua es herbívoro, es decir, come solo plantas. Por lo general, pasta, o come pasto, al amanecer y atardecer para evitar el calor. El búfalo de agua también come hierbas y plantas con hojas que crecen alrededor de los pantanos y ríos.

Páginas 18–19

El búfalo de agua se queda junto a su manada para estar protegido. El búfalo de agua bebé se llama bucerro. Las madres son muy protectoras y se unen formando una fila para proteger a sus bucerros de los depredadores. El búfalo de agua usas sus cuernos para defenderse de las amenazas, como los tigres.

Páginas 20–21

El búfalo de agua vive en los bosques y pastizales de Asia. En estado salvaje, el búfalo de agua vive en zonas pequeñas de la India, Bután y Nepal. Son una especie en peligro de extinción por la cacería humana y la pérdida de su hábitat a causa del desarrollo. Se estima que quedan menos de 4.000 búfalos de agua en libertad.

¡Visita www.av2books.com para disfrutar de tu libro interactivo de inglés y español!

Check out www.av2books.com for your interactive English and Spanish ebook!

1. **Entra en www.av2books.com**
   Go to www.av2books.com
2. **Ingresa tu código**
   Enter book code
   AVS73693
3. **¡Alimenta tu imaginación en línea!**
   Fuel your imagination online!

www.av2books.com

Published by AV² by Weigl
350 5th Avenue, 59th Floor New York, NY 10118
Website: www.av2books.com

Library of Congress Control Number: 2018964744

ISBN 978-1-7911-0177-0 (hardcover)
ISBN 978-1-7911-0178-7 (multi-user eBook)

Printed in the United States of America in Brainerd, Minnesota
1 2 3 4 5 6 7 8 9 0 22 21 20 19 18

122018
111918

Project Coordinator: Jared Siemens
Art Director: Terry Paulhus
Spanish Project Coordinator: Sara Cucini
Spanish/English Translator: Translation Services USA

Weigl acknowledges Alamy, Minden, and Shutterstock as the primary image suppliers for this title.